GARY SNYDER
斧柄集
Axe Handles

〔美〕加里·斯奈德　　　　　　　　　　著
许淑芳　　　　　　　　　　　　　　　译

人民文学出版社

著作权合同登记号　图字 01-2024-0806

Axe Handles: Poems
Copyright © 1983, Gary Snyder
All rights reserved

图书在版编目(CIP)数据

斧柄集 / (美) 加里・斯奈德著; 许淑芳译. ——
北京: 人民文学出版社, 2018(2024.3 重印)
(巴别塔诗典)
ISBN 978-7-02-014073-2

Ⅰ. ①斧… Ⅱ. ①加… ②许… Ⅲ. ①诗集-美国-
现代　Ⅳ. ①I712.25

中国版本图书馆 CIP 数据核字(2018)第 063730 号

责任编辑　李　娜　何炜宏　邰莉莉
装帧设计　李苗苗

出版发行　人民文学出版社
社　　址　北京市朝内大街 166 号
邮　　编　100705

印　　刷　凸版艺彩(东莞)印刷有限公司
经　　销　全国新华书店等

字　　数　55 千字
开　　本　889 毫米×1194 毫米　1/32
印　　张　4.75
插　　页　5
版　　次　2018 年 8 月北京第 1 版
印　　次　2024 年 3 月第 3 次印刷

书　　号　978-7-02-014073-2
定　　价　58.00 元

如有印装质量问题, 请与本社图书销售中心调换。电话: 010-65233595

本书献给圣胡安山

目录

第一部分　环

斧　柄　_5

致/自卢　_8

山谷里的河　_9

中　间　_12

堆　上　_14

浆果国　_15

向干旱鞠躬　_17

火边凉　_19

换尿布　_21

打破平均值　_23

粉刷北圣胡安学校　_25

全家福　_27

篱笆桩　_29

如此古老　_32

回　望　_34

酱　油　_37

_2

沙地里交错的精细虫痕　_39

走过妙心寺　_41

垂钓一无所获　_42

在琉球群岛田上村伊原家族墓地祭祖：

  我儿子的外祖父们　_44

战略空军司令部　_45

向东跨越得克萨斯　_46

修理五八年造威利斯皮卡　_48

收木头　_51

真切的夜　_53

第二部分　献给盖亚的短歌

第三部分　网

一

雪中跋涉两天迎来晴朗五日　_85

大雁远逝　_87

三头鹿一匹狼雪中奔跑　_89

白　黏　_90

古　池　_92

四〇〇七五,四月二十四日,下午三点三十分 _94

四〇〇七七,六月一日 _95

二

盛大的入场 _99

在土岐屋的招牌下 _101

深夜与州长谈预算 _104

"他射箭,但不射栖息着的鸟" _106

艺术委员会 _108

我学会了什么 _109

三

献给比尔和辛迪婚礼的一斧 _113

阿拉斯加 _115

迪灵汉姆,阿拉斯加,柳树酒吧 _117

移开反铲机液压系统的泵板 _119

魅 惑 _120

乌卢鲁的野无花果之歌 _122

四

钱往高处游 _129

乳　房 _131

腐树之陨 _133

致一位斯德哥尔摩的五十岁老妇 _136

老妇自然 _137

峡谷鸫鹩 _139

致万物 _143

你如何削出斧柄?

没有斧子无法办到。

你如何娶得媳妇?

没有媒人无法办到。

削斧柄,削斧柄,

那模型并不遥远。

而这里有位我认识的姑娘,

美酒和食物排成一行行。

——选自《诗经·国风·豳风》[1]

公元前五世纪的民歌集

《毛诗》第一五八首

---

[1] 引自《诗经·国风·豳风》,斯奈德将其译作英语,此处为回译。原诗为:伐柯如何?匪斧不克。取妻如何?匪媒不得。伐柯伐柯,其则不远。我觏之子,笾豆有践。

第一部分

环

斧　柄

四月最后一周的某个下午
教凯① 怎么甩手斧
飞旋半圈后扎进树桩。
他想起有一面手斧头
没了柄，就在店里
便去弄了来，想拥为己有。
门后有一截断斧柄
配这把手斧足够，
我们把它砍到长短合适
连同那斧子头
以及木工斧一起拿到木墩上。
接着，我用木工斧
削那旧斧柄，而最初
从庞德那里学来的诗句

---

① 斯奈德的儿子，取了日文名。

在我耳边响起!

"当你制作一把斧柄

　　　　模型不在远处。"

于是我对凯说:

"你看:要削一根柄,

只要好好看

削东西的这斧子的柄。"

他明白了。我又听见:

公元四世纪陆机

在《文赋》序言中

所说:"当用斧头

砍削木头

去制作斧柄

那模型其实近在手边。"①

这是陈世骧②老师

多年前翻译并教我的

于是我明白了:庞德当过斧子

陈世骧当过斧子,现在我是斧子,

儿子是柄,过不了多久

---

① 原文:至于操斧伐柯,虽取则不远。
② 陈世骧(1912—1971),长期执教于加利福尼亚大学伯克利分校东方语文学系,斯奈德曾师从他学习中国古典文学。

要由他去斧削别人了。模型
和工具，文化的手艺，
我们就这样延续。

致／自卢[1]

有一天卢·韦尔奇[2]冒了出来，
跟你我一样活生生的。"见鬼了，卢，"我说，
"你没把自己干掉啊。"
"我干了。"他说，
我的后背当时就一阵发麻。
"哎呀，你果真干了！"我说——"现在我能感觉到了。"
"是啊，"他说，
"在你我的世界之间存在一种根本的
恐惧。我说不清楚。
我只是来跟你说，
教孩子们知道循环吧。
生命的各种循环。万物的各种循环。
世界就是循环，但没人记得这些。"

---

[1] 原诗标题为 for/from Lew，for 和 from 押了头韵，故译作"致／自卢"。
[2] 卢·韦尔奇（Lew Welch，1926—1971？），诗人，斯奈德的朋友，1971年5月23日带着枪走进森林，再也没出来，不知所终。

山谷里的河

我们在科卢萨渡过萨克拉门托河
沿着东南方向的堤道走
发现成千上万只燕子在头顶
架空的混凝土下筑巢
那是公路?还是栈桥?已经废弃,靠近
　　　　　派尤特溪。

玄①一边转着小圈奔跑,一边抬头
看燕子俯冲——哈哈大笑——
　　　　　它们从桥下
涌出,源源不绝,

凯则静靠着水泥桥墩
努力用目光追寻

---

① 斯奈德的另一个儿子,亦取了日文名。

一只鸟疾飞的路线,

我摘下短袜上的草籽。

沿岸群山连绵。前山焦黄,
后山高耸,长着青灰色荆棘丛,
这就是中央大谷地,
排干了,然后种植、浇灌,
　　千尺深的土壤
　　上千亩的果园

　　星期天早晨,
科卢萨只有一处
供应早点,古老的河流,啜着奶咖的
拖拉机手。

在萨特峰北侧
我们看到拉森火山上的积雪
谢拉山脉清晰的弧度
向南延伸至荒凉诸峰。
一个孩子问:"河从哪里开始?"

山中股股细流,奔淌至此汇聚——
但河
浑然一体,
同时流动,
同在一处。

中　间

松树林里很少有道格拉斯冷杉
有一株夹杂在朝南的西黄松中间，

每个秋天很多嫩苗发芽
　　　　　环绕着它——

每个夏天它们死于长久的干旱。
七月的雨
四十年一遇。

两年前的夏天雨来了，
那年道格拉斯冷杉的树苗活了

第二年又遇干旱，
有几棵冷杉挺了过来。
今年，活了两株，根扎深了。

一株道格拉斯冷杉将长在松树中间。

　　　　　　　　　　　海拔三千英尺高处
　　　　　　　　　　　　尤巴河
　　　　　　　　　　　南岔口北岸

堆　上

新来的堆在上面
翻来　覆去
等待　淋灌。
从黑暗的下面
把它兜底翻开
让它铺平，均匀地，
筛下。
看着它出芽。

心的腐殖法。

浆果国

  （早春干燥的一天

  与坦尼娅和温德尔漫步在

  肯塔基河畔兰丁农庄后面，踏斜坡，穿森林）

枯叶下，坦尼娅发现一只乌龟

  四条腿蜷曲——模仿树叶的样子

我们查看了土拨鼠的洞

  潜藏在海底岩层的

  石灰礁下，

  它们住在那里，在贝壳和珊瑚上

  蹭着毛茸茸的后背，

多数洞口掩盖着枝叶，

  住客都不在。

温德尔蹲下，

探头伸入洞内
"嗨,快来闻闻,是狐狸!"
我膝行而上,
将洞口罩在脸上
像戴上面具。漆黑无光;
气味弥漫:酸臭——温暖——

碎裂的骨渣,粪便?羽毛?
盘绕的躯体——野——

也算个家。

向干旱鞠躬

最干燥的夏天,
软管蛇行在护根下
　　延伸至一棵树龄三年的
　　格拉文施泰因苹果树①根部,
又返回潜入地底的
　　立管旁。

水泵旁,
　　摇柄与水管相连
　　向下挥动
　　每摇六次出水一加仑,
　　一百十五英尺深处
　　压力泵浸于水中

---

① 格拉文施泰因苹果,原文为 Gravenstein apples,一种有红纹的黄色大苹果。

抽水杆在井里轻声叮当。

双腿植地,
  双手紧握摇柄,
  躯干弯曲,
  我透过树林凝视
  每一次鞠躬,
  看见不同的鸟,
  不同的叶。

不计毫厘,
  自由自在——
  深处的水缓缓涌出——
  就在那边——
在那棵苹果树的下面。

1974 年夏天的旱季

火边凉

坐在树桩上
  从保温杯里喝黑咖啡。

  篝火渐熄,拾起
  边缘的
  绿树枝,扔到
火堆中央:白色灰烬
  闪烁着红色幽光。
  低下头
  用帽檐遮脸
  抵挡热浪;

疏剪修葺下的灌木枝——
  从虫子和真菌那里抢来
  云朵拖着灰色肚子
  低低柔柔地掠过

也许雨水，会给干旱
　　　来个了结；

点燃灌木，带走明年
　　夏天野火的灼热
　　换一场及时雨，
　　而火烧尽纠缠。

　　　那内心的纠缠。
黑咖啡，又苦又烫，
　　热气上升，笔直平静
　　空气
宁静又清凉。

换尿布

他看起来多聪明!
  仰躺着
  两只脚丫被我单手捉住
  眼睛瞥着旁边,
  看着膝边那幅拿着夏普来复枪①的
  杰罗尼莫大海报。

我打开,擦拭,他毫不察觉
  我也一样。
婴儿腿,婴儿膝盖
  脚趾头似小豌豆
  细小的褶皱,很美味,
  眼睛明亮,耳朵闪光,
  鼓鼓的胸腔吸着气,

---

① 一种单发枪。

不麻烦，朋友，
  你，我还有杰罗尼莫
  都是男子汉。

打破平均值

八月下雨可真怪,
  玄得了哮喘,令我们整夜无眠
  他钻进我们的被窝,喘着气,
  抓挠着毒葛引起的皮炎——

今天如此疲惫。
整个上午在罗德家帮忙
  调整阀门,
  修理汽车后备箱的锁。
雨势更猛。

从帕蒂那里拿了西葫芦菜谱,
  现在回到了家,
  打盹,放空脑袋,
  好为明天州里的工作做准备,
  一早就得飞往洛杉矶,

参加艺术委员会会议。

躺在上铺半睡半醒
　　想着雨会催生出怎样的蘑菇。
两个男孩，五岁和七岁
　　绕着屋子赛跑
　　尖叫，大笑，啜泣，哭号，

　　孩子们的呼喊
　　嬉戏、打闹的呼喊：
　　回荡在林间。

八月的天气纪录说，
　　0.000
　　是这里的平均降雨量。

粉刷北圣胡安学校

白色油漆落在蓝头巾上
积尘的收音机带天线
　　　播放着六十年代的摇滚；
随我们同来的小孩,在橡树荫下
　　　玩着跷跷板
这楼房还可妥善使用十年。
每当原木运输车驶过
　　　盖木瓦的钟楼就会颤抖——

收音机里说：
　　　今天华氏一百度。
——弗朗哥胡桃木嫁接在
　　　本地根茎上长得挺好
　　　樱桃树苗全都长了真菌；
裸根植物能够存活那真是幸运,

油漆被水稀释。
今年汽车将在
　　　柏油路上行驶，
孩子们将以某种方式被教会：
如何用手写符号
　　　记录母语，

记录他们家乡的
　　　各处风景
由近三百年来的
　　　统治者们命名，
记下数字游戏，
从前发生的，由自认为知道的人们
　　　述说的故事，

一个栗色胡子的醉汉
离开大道朝我走来，询问他是否能帮忙。

孩子们喝着巧克力牛奶

梯子靠在摇晃的门廊。

全家福

记忆中第一次
八月落大雨
　调好链锯
　　着手砍橡树
牛肝菌在树林里
　大片大片地成熟
满月,温暖的夜
　男孩们学浮水
玛莎① 跳着舞
　又度过了一个月
草地上的野胡萝卜花
　　啄木鸟的一声喊叫

牛至叶、薰衣草、鼠尾草

---

① 玛莎是斯奈德的妻子,日本人。

野普列①

来自尤巴河岸的花

同属薄荷

家族。

---

① 这里列举的几种植物均为薄荷属。

篱笆桩

下雪的早晨走小路下山
去拜访史蒂夫或迈克
马儿们就派上用场了
比开车绕着砂石路下去要快。

于是想到用篱笆围一片森林，
疏剪树林，清除灌木的事情，
罗恩把雪松木劈成栏杆和栅桩
就在黑砂路上，从旁边的坎普顿维尔锯木厂
他弄来粗大的根段原木
它们蛀得并不厉害——
干吗要贱卖我也不明白
他还送货上门，
开着他祖父在西雅图开过的货车。

边材做桩比芯材稍稍便宜些。

我原可以一开始就全买芯材
但当时我想到，总盘算着买最好的
行不通
这也是为何有时在集市
我会挑选一些糟糕的卖相不好的蔬果

其实不论怎样我都能享用
但一些人是会把这当作退而求其次，
买回家后一夜酸涩。

对付边材木桩
你得先浸泡以防止腐烂
在五十五加仑的桶内
以十比一的比例倒入油和五氯酚
也就是十加仑的油兑入一加仑的
杀虫灭菌剂。
我用曲轴箱里的旧机油去稀释
它很好用，只是
可用的旧机油不够多。
木桩要钉进地面两英尺深呢。

因此，每周一次浸泡六根桩子

浸泡过的桩子越堆越高,
但油深只有一英尺半。
我可以往里加点儿煤油
每加仑七十美分
如果论桶买
花三块五就能使浸面上升
再加半罐五氯酚,六块钱
一百二十根篱笆桩
靠用边材省了三十块,
当然还得算上时间,

卖力做的篱笆很漂亮。
马儿也是。
两边都是算小钱不管大账。

1977 年春

如此古老

俄勒冈河远远伸进群山。
烧过两次的松树林,正在返青。
旧路蜿蜒进深谷,
　　从一道山梁到下一道,开车要数小时
新路在山的一侧笔直穿行,
　　高高的把所有弯曲熨平。
孤鹰悠然升起,
　　卡车打扰了它的静寂
我们沿中岔-南岔的口子而下,
　　山谷里闪烁着银白的薄雾。
坎普顿维尔镇上古老的小屋,
　　披满阳光,栖于山梁,
是金子还是原木把人们引到这里?
　　一个十几岁大的母亲带着孩子站在皮卡旁。
一个真人大小的圣诞老人毛绒玩偶
　　攀在阳台栏杆上。

我们的旧卡车,也在街上放慢了速度,

  从过去驶来——

一切都这么老——那鹰,那些房子,那些卡车,

  那云雾的景色——

冬至的落日在山巅和树林闪烁

  美好的一天,对我们的分水岭又多了解了一些,

还看到了一条带有发夹弯的峡谷

  还沿着一条土路开到了尽头。

天凉,于是穿起夹克

  沿着柏油路出来

回到我们自己的土路,铁炉,

  黄昏入坿的鸡群。

还有浣熊的夜间漫步。

回　望

一个夏天，我两次
爬上派尤特山，
我们护林队驻扎在巨熊谷。
我先是练习链锯
为厨师锯木头。
派尤特山。眺望
东边的锯齿山顶。
一株白皮松只剩了枯树干，立在那里
数公里的花岗岩和空气
把它和朋友们隔离——我
从山脊的一头跑到另一头。
厨师吉米·琼斯对我说："我以前
常这样，在山脊上跑上
一整天——活像一头丛林狼。"
某个周日当我在小溪边
建一间小型蒸汗房

他叫我要谨慎些,
自己却几乎也要挤进来。

如今在锯齿山的滑梯峰上
我回望二十五年前
那座山上的时光。那些日子
我独自生活,独自思考。

当时我正在学习汉语
为亚洲之行做准备
每夜忙完工作
    就拿出书本来学。
吉米·琼斯是马里波萨[①]的印第安人。
一天晚上在篝火旁
喝着黑咖啡
他站在一旁俯看我的
顾立雅[②]著作,"那些字母是中文?"
"是啊",我说。他说,"唔——

---

① 加州的一个小镇,19世纪的淘金者在旧金山登陆后,大多先到此地寻金。
② 顾立雅(H.G.Creel,1905—1994),美国汉学家,对中国哲学和历史有深入研究,曾在芝加哥大学任教近四十年。

他们说我爷爷是中国人。"

那年我很快就辞职了。
告诉工头我要去日本。
他好像很明白似地说:"去柏克德干啦。"①
我无法告诉他禅宗这样的怪事。

吉米·琼斯,和这里的山川河流
它们的起起伏伏
始终萦回在我脚下。

1978 年 7 月,锯齿峰

---

① 柏克德(Bechtel)是一家总部在旧金山的工程企业,有百年历史,在世界各地有电站、机场、海峡隧道等大型工程项目。

酱　油

　　致布鲁斯·博伊德和霍莉·托姆海姆

高高地站在踏步梯上
　　在闷热的天花板下
给墙面抹灰层布上铁丝网，
一天都在帮布鲁斯和霍莉收拾屋子，
我闻到一丝酸酸咸咸的味道
就爬下了梯子。

"鹿来舔了好几个晚上。"她说，
并让我看她正在刨的窗框，
清透的红杉木，色泽偏暗，散发幽香。

"圣何塞附近的一家公司倒闭了
从那里弄到一只破损的
两千加仑的杉木酱缸。"

板材叠放在庭院:
我俯下身,闻一闻,啊!像信州味噌的味道,
是那种更咸更暗的味噌酱,来自长野
高原,在日本本州岛的中央——
正如信州渍物的滋味!

我脑海里浮现出友人清水靖和我,
多年前的十月,雪中跋涉数日
翻越日本的阿尔卑斯山,最后一夜
下山来到一所农舍,
黑暗中洗了一个迟来的热水澡——然后吃了
  一碗冰凉的味噌渍萝卜,
   世间再没什么比它美味!

回到这里,夏日炎炎,灰尘满院,
  手里握着铁锤。

但是我知道在黑暗中
  舔那些窗框
   是何种滋味,
     那些鹿啊。

沙地里交错的精细虫痕

巴士又一次载我们路过
玛莎儿时的村庄;

  浸透了水的竹丛垂下腰
  在细雨中沉重地摇晃,
  一行行笔直的水稻
  许多发光而整齐的水镜,
  日本雪松笔直幼小
  黑压压密植山脚,

  一只乌鸦振翅飞过,一排
  头戴黄帽的孩子
  擦着巴士走过
  在雨中齐步走向幼儿园

行走在远处的海滩,我何以知晓这些!

曾有一次跟安雅和约翰
一起骑行穿过树林

观看虫子生活在自己的小小沙丘里。
记忆更迭，
眠床辗转，餐食变换，
全都在这条沙中路上。

     1981年夏，日本海，丹后半岛

走过妙心寺

笔直的石径
　　穿过泥墙间的窄道

……从朝鲜和中国来的
　　弄船的水手,
木匠们,剃刀一样的凿子,

　　参"无"的小和尚,

　　还有围着城的
　　　　松树。
　　　　古老事物,每一个
无名无姓。
　　　　绿松针,
　　　　　木材,
　　　　　　　灰。

1981 年 7 月,京都

垂钓一无所获

冲绳那霸港
机场附近的防波堤

自卫队的喷气机成双成对
从海湾上空呼啸而过
在久米群岛
留下一道青烟和尖叫

云朵航行在大海上
云水相融
涟漪无边无际

喷气机护送——侦察——
和苏联飞行员互相展示
孰弱？　　孰强？

数百万加仑的煤油在燃烧

一路呼啸。

在琉球群岛田上村伊原家族墓地祭祖：
我儿子的外祖父们

石头庭院，荒草丛生
　　泥灰封实石头门，
　　濯洗过的尸骨
　　排列在骨灰瓮，

我们在庭院饮酒歌唱：
　　唱那美丽的礁石，
　　唱那小树林
　　很久以前他们曾从中穿行，

与先人共饮
　　与后辈同歌。

1981 年 6 月，冲绳

战略空军司令部

喷气机嘶嘶作响,灯光闪烁
从落入处女座的木星旁经过。
他问,天上有多少人造卫星?
是否有人知道它们都在哪儿?
它们在干什么,谁在把它们监控?

霜凝睡袋。
篝火燃尽余灰,
再添一杯茶,
在这白雪镶边的高山湖畔。

这些山崖和星辰
同属一个宇宙。
它们中间小小的太空
属于二十世纪和它的战争。

1982 年 8 月
内华达山,寇裴峰

向东跨越得克萨斯

在矿石和结晶盐的
　　大山洞里
玄说他看到一只
　　嘴衔蝙蝠的环尾浣熊

从矿山到平坦高地的
　　磷矿开采场,
再向东缓缓下降,干燥广袤的平原
　　直到我们在一个温暖的夜
　　来到得克萨斯的斯奈德镇。

凯对女招待说:"我们也叫斯奈德①。"
　　她说:"是啊,这附近是住着

---

① "Snyder"既是斯奈德一家的姓,又有"假宝石""伪币""卑劣之人"的意思。

一些越南难民。"
莫非是因为他的黑发?

　　坟墓里的黑曜石。

馈赠给未来的礼物
　　将我们铭记。

修理五八年造威利斯皮卡

致陆羽

这辆卡车造好那年
我坐在京都拂晓的
晦暗里诵读经书,
整日学习中文。
中文,日文,梵文,法文——
达摩学问的欢喜
和辉煌的古寺——
对卡车却一无所知。

现在我用它运木屑
从布拉德伦溪
一家隐没于年轻的冷杉和雪松间
我出生时便已废弃的锯木厂
运回,又腐烂又肥沃
把它们掺入花园里的

黏土，二者调和

可培植护根，保住水分——

我也用它从老矿区

运回砾石

筛一筛，与泥沙混杂

把卵石放在一旁用来铺冬日

泥泞的小道——

我躺在皮卡下面

多尘的灌木断枝中间

它已算是旧车了——

欣赏它的结实，和方方正正的外形

心想这样一辆货车

大概会让毛主席高兴。

车尾已改装，换上

新的变速器，

刹车缸已清洗，制动鼓

刚转过，还装了新的刹车脚踏，

那些整个年轻时代

诵读典籍的朋友们

教会了我做这些——

花园拾掇得更好了，我
在夜里笑出声来
重拾中文
读一读务农书籍，
我修理货车，卡好轮眉
和从前那些干活的好手一起。

收木头

酸酸的气味,
 蓝色的斑点 ①,
  水从楔铁四周喷射而出,

举起几块爬满蚂蚁的
 四分之一圆木块 ②
  "我手上有一只活蚂蚁手套"
大锤的钝端用力过猛
所以楔铁弹飞了,乱跳着
 像敲击着高音的编钟
  滚进了树枝,毒葛
  树皮,锯末,木头碎片杂合的
  半腐层中,

---

① 木材的蓝变主要由变色菌引起,因充满了薄壁细胞胞腔的蓝变菌菌丝体的颜色或其分泌的色素被木材吸收所致。
② 原文为 quarter of round。

接着,汗水滴落。

　碾碎的蚂蚁的气味。

钩棍一撬一抛

把三尺锯木的最后一点儿

　彻底断开

　　它躺在压坏了的橡树苗上——

楔铁和大锤,钩棍和榔头,

　小斧子,水罐,背负式油罐

　　装着链锯用混合油①,

背包装着锉刀、护目镜和抹布,

全都来收已死的和已倒的木头。

　小伙子们把截好的木料扔到垛上

　身体越来越硬朗,还逐渐了解了各种

工具的节奏和气味,在这冬日的

　倾覆橡木围成的

　　坑穴中。

四考得②。

---

① 汽油和机油混合的链锯燃料。
② 考得是木材的层积单位。

真切的夜

黑魆魆的床上睡眠的鞘套

从这梦的子宫外头传来

传来一声咔嗒

传来一声咔嗒

终于,意识里跳出一个念头

像鱼儿上了钩

浣熊在厨房!

金属碗掉落,

  罐子碰撞

   盘子雪崩!

这些夜夜上演的把戏把我猛地惊醒

我摇摇晃晃起身,摸到了方位

抓过棍子,在黑暗中猛冲——

我是走起路来地动山摇的巨魔

对着浣熊怒吼——

它们在墙角乱窜碰壁,

一阵抓挠声告诉我
　　　它们逃上树了。

我站在树下
两只小浣熊趴在
两根截过的树枝上
从树干两侧向下张望着我：
　　　怒吼，怒吼，我怒吼
你们这些该死的浣熊，多少个夜晚
　　　把我吵醒，搞乱了
　　　厨房

待我站定，而后静默
空气中的寒意从皮肤开始
刺激着我裸露的身体
我完全感受到了夜。
光脚在砂地上留印
手握棍棒，一刻不松。

长云散去
现出乳白的微光
黑乎乎的松枝后，

月亮还圆着,
满坡的松林都在
耳语;蛐蛐还在幽暗
冰冷的小洞内低吟

我转身缓步
走回通向卧床的小径
身上起着鸡皮疙瘩,头上是蓬松凌乱的头发
乳白色月光照亮薄云
黑松林沙沙作响,这样的夜晚
我如同一棵蒲公英
开始播撒种子
即将肆意纷飞至各处
或像一株海葵在珍珠般闪耀的冰凉海水
绽放漂浮。

  五十岁。
  依旧穷于
  把螺母拧上螺栓。

  阴影里,
  孩子们在酣睡,

还有我相濡多年的爱人，
真切的夜。
无人能在这样的黑暗中
长久醒着

尘泥沾足，发丝纷乱，
我俯身钻回
鞘中，为了我依旧需要的睡眠，
为了每天随黎明
而来的

醒。

第二部分

献给盖亚①的短歌

---

① 盖亚（Gaia），古希腊神话中的大地之神，也称地母，是从混沌神卡俄斯（Chaos）内部孕育出来的原始神之一。在古希腊神话中，万物的生命和冲突都由盖亚而来，她既是创造，也是毁灭。

☆

横跨旧金山湾
北部的盐沼
柔软的云灰色
蓝色,模糊不清
形状变幻——边缘的淡蓝色
  是云后天空,

盐沼之上
苍鹰俯冲、盘旋

啊,这节奏缓慢的
系统之系统,回旋着转动着

五千年的跨度
  是人类所能理解的全部,

蚂蚱人①驱车经过。

---

① 将鹰和蚂蚱对比,凸显人的渺小无知、自以为是。

☆

向外张望
这广袤世界
不妨去走一走
到那最遥远的边际

那儿有一股清泉,那儿
橡树旁,干草坡上,
喝吧。吸得深一点。

世界就这样向前

☆

熊果树①复苏的故事——

荫凉夫人,
　　使男孩们
　　　变灰暗。

---

① 在加州森林系统的自我恢复(succession)中,熊果树起着重要作用。森林大火之后,它们会重新飞速生长,然后鸟儿带来的其他种子会落在熊果树形成的空隙里安全生长起来,从而复苏整个生态系统。

☆

天空之鲑,黑鸫鸟,
弹跳复降落,在一块圆石上
圆似一旁青草上的小雪堆
结冰的两岸间,溪水奔流:
然后向那奔流的溪水中

准准地!

你　　飞入

☆

蟋蟀们柔和的秋日曲调
　　　之于我们，
　恰如我们的哼唱之于树木

　　　恰如树木

之于岩石和山丘。

☆

钟敲五下惊醒我

天已大亮,

我依然看见梦境

三位穿绿衣的玉米夫人

绿色的叶子、衣裙和袖子——

走过。

  我把目光转向别处,知道不该盯着看。

醒来却想

该多看上几眼

她们的仪容举止

玉米夫人穿着绿色衣裳。

还有绿叶的脸

撇开了目光。

然而随后我又庆幸自己曾意识到

果真在那里时

不要看得太多

  也不试图把它写下。

☆

风浪的气派——
一网叠一网的光
返照自海底
星鸦疾飞,
  喊叫着

大自然的呼号。
汪洋
  掀上了天。

"找到一种需求,并任它充满。"[①]

[①] 阿瑟·乔治·加斯顿曾说:"找到一种需求并满足它。"斯奈德反其意而用之:让欲求充满我们的生命,从而赋予生命以意义。

☆

红翅膀的
北美啄木鸟——
　　　　尖利冰冷的喊叫

山桦树花的清甜
漫过温暖的熊果树

而柔和的落雨
看不见的、沙沙响的干燥尾部

　　　　橡树幼蛾的粪粒
　　　　啃噬着春天的新叶

在高高的橡树枝上。

☆

红母鸡侧身躺着
　　轻掸翅膀下的灰土
　　那条能动弹的腿有劲儿，
　　　　撬起树叶和泥，

在午后熊果树的荫凉里
　　她的姐妹也一样，
　　沉浸在掸灰和扒土的欢欣中
　　　　继续了早上

啄虫吃草的轻快——
　　她们都是"十七岁"
　　刚迈入生命的新阶段
　　　　产蛋的全盛期，

愿健康、美貌
　　长寿与智慧
　　眷顾这些散养的土鸡
　　　　愿人类为它们服务：

世界为红母鸡而设。

☆

夜里听见雄鹿相争——

鹿角相撞，发出轻轻的、嬉闹的
嘎嘎声
在一圈月光中
在池塘与谷仓之间，
在跳舞——推搡——
跺蹄——逃跑之间，

开门往外走
去鸡舍拾鸡蛋

☆

深蓝的海宝宝，

深蓝色大海。

   曷①，盖亚

种子音："啊！"

蓝绿色的陆地和大海上，白云打着转

  频臾②的蓝绿 弯曲——弧形——

庄子说，大鹏向下看，

  目之所及

    皆为蓝……

沙丘。大地之蓝，天空之绿。

  向外看去

  半月隐于云中；

---

① 原文为 Ge，这是一个梵文种子音，geo-graphy，geo-logy 等词都从这个种子音而来，种子音音意一体，无可分割，也无法翻译，姑且译作"曷"。
② bio 变形为 bhyo 后也是种子音，梵文里的种子音代表一种基本能量，bhyo 代表的是女性保护者力量，音译为"频臾"。

☆

红土——蓝天——白云——粗糙的花岗岩,
　　　以及
两万英里的山地上连绵的熊果树。
一些漂亮的小小熊果树
我看到一株兀自独立的、完美的、可爱的,
　　熊果树

　　　　　　　　　　哈。

☆

一个男孩光着脚
　在瓢泼大雨中
　疯狂摇摆
　我站在池塘边
　嘶嘶
雨落入自身①

---

①　即雨水落入池水,水落入水。

☆

运材车凌晨四点经过
 我们在睡袋中转动身体
  梦见健康。
那些运材车提醒我们,
 当我们思考、做梦和玩乐

另有一个世界被运走。

☆

陡峭的悬崖，一双年轻的猛禽
  他们的雏鹰之气高悬
  于蓝色的湖面上空间之上

平坦的绿草场
下面　　发光的白色海滩

鹰、雕、飞燕
  在岩层间的洞里
  筑巢

生命，
  航行在起起伏伏的世界。
  蓝山荒漠，
  蓝绿色湖边的悬崖

           华纳山脉

☆

死去的母鹿躺在雨中

  在路肩
  在砾石堆中

我看见你僵硬的腿

  就着路边
  车头灯的光

死去的母鹿躺在雨中

☆

昨夜,我梦见自己是

一个神灵。用我温暖的呼吸
融化冬雪。雪山上散布着
黑而尖的杉树和松树
我低低地弯下身,吹气,
"啊——"

☆

雪花滑入池塘
　　　无悔。
新草的细芽
　　　滋长。
两个孩子学习跳棋
大人们抿着威士忌，
春夜的雪。

☆

啄木鸟
刺耳清晰地叫声
这!
这!
这!
在松间凉爽微风里

☆

她的不是一只

剑鞘。

而是

一只

箭筒。

☆

抱歉打扰到你。

昨晚我闯进了你家
去借用你的藏书。
有些东西我必须得查一查;
一本巨大的书砸下来
　　　　　　碰翻了其他。
担心你醒来后会发现我
并且受到很大的惊吓
　　　　　　我离开了
没有把书捡起来。

当我逃跑时,从你家信箱上
看见了你的名字,于是写信向你解释一下。

第三部分

网

—

雪中跋涉两天迎来晴朗五日

看见水下一具子弹般灰色光滑的身体,
　　后腿踢着水,身后留下一串泡泡,
　　窜进岸上灌木中;

沙洲上一只褐色小动物——
　　第一缕晨光,伏下,耳朵竖起,
　　远远地望向我们。

还有两只深棕色的吃树叶的动物,体型宽厚,动作优雅
　　耸着肩,扇着耳朵,长长的腿,
　　穿过河床,走进树林。

一只黑白色的鸟一飞冲天
　　爪子上抓着一条鱼。

一只鹰，在亦黄亦金的湿地沼泽上空一个转身，
　　飞身扑下，从视野中消失了

一只毛茸茸的家伙，在离岸很远处，
　　身后漂着扁平的尾巴，泛起细细的碧浪，等
　　待着；

我还看见：你转头扫视，
　　看见你的每一个姿态，以及你足背高隆的蹄子

每一次抬起与跺地。

1974年9月

大道牧场，黄石河上游

大雁远逝

在镜子般光滑的湖面
轻轻划动雪松独木舟；
　　一群加拿大雁像地毯
漂浮在水面
起初吵吵嚷嚷 随后低声咕哝

我们停止划船,任其漂荡。
两岸金黄的落叶松
清晨的凉意,清冷平缓的
远山飘来的薄雾

我跪在船头
端然正坐①,如参茶道
　　如观能剧

―――――――
① 原文为 *seiza*,日本式正座。

跪着,听任腿疼,寂然不语。

一只大雁打破宁静,昂然飞起。

  哗啦落下的水花
  拍打的翅膀
  漫天雁鸣的长空,

轻轻一触,
  扳机,

率先起离心的那一只。

1979 年 10 月

西利湖,蒙大拿州

三头鹿一匹狼雪中奔跑

  起初，三头鹿跳跃着奔跑
接着，一头郊狼紧追而来
  紧挨鹿尾全速

我一时哑然而立   两秒
唯余树与雪的黑与白

  狼的后背！
   上好的外套，毛茸茸的狼尾，
看见我：   转眼不见了。

  后来：
我在它们跑过的地方行走

琢磨那新闻该怎么写才好。

白　黏

抬眼望穿橡树林
　　枯叶还赖着不走，
　　一些倾斜
　　轻快的叶子飘摇而下，干干地落地。
早晨苍白的太阳，
　　站在潮湿树叶覆盖的地面
　　松针，土路旁，
　　牵着玄的手，
　　等车来载他去上学。

我们谈到了蘑菇。
今年长势不错
但大多被虫子吃了。
那边，熊果树下，更多白色黏稠物。
想不起它的学名——
　　亮亮的白色、黏黏的菌帽，

一个不知名者
　　我们姑且叫它"白黏",这名字
　　跟任何名字一样好。

玄搭了迈克家的老爷车去了学校,
　　我返回家中
　　又去蘑菇百科全书上找了找。

("蜡伞属"?)①

---

① 原文为 Hygrophorus,蜡伞属的拉丁名。

古　池[①]

青山白雪闪耀

透过茂密的松林和尖细的松针；

　　小铁杉一半阴影一半阳光，

　　参差的岩石描摹出天际线，

　　币鸟一声声清晰单调的鸣叫：

　　从树干下传来

逆时间而上。

在五大湖盆地

最大的小湖

　　一整天的山顶攀爬后，

　　一只裸体虫子

[①] 此诗受松尾芭蕉的俳句《古池》影响。

白色身体棕色头发

跳入水中,

哗啦一声!

四〇〇七五,四月二十四日,下午三点三十分

科尔代尔以北,内华达州,

怀特山顶

风暴的间隙

电光闪过

O[①] 母神盖亚

天 云 门 奶 雪

狂风——虚空——太初有道

我跪拜在路边的砾石堆中

[①] O,既表感叹,又作象形,以象征大地母亲盖亚。

四〇〇七七,六月一日

李树开花了
　暖气管里沸腾着
　　春天的味道

肥肥的后腿后腰
　　脚趾头、尾巴,
　　半只老鼠
　　　　在门边,在黎明时分。
　　　　我们有爱心的猫。

摆放糖水
喂食罐,引蜜蜂出来——
　　　　黄昏蚊子嗡嗡。

这一年,活了三岁的
　牛蛙,

几乎不说话,
　　是干旱,水少
　　　还是年老?

黄昏,孩子穿着睡衣
　走出屋外的茅房
　　一边掖着衣服,
　　　"有几个蛋呀?"

昨晚,第一次
　浣熊打开
　冰箱。
　　你不能放慢
　　　进度。

"蚜虫一天
　生九十个
　　活的宝宝。"

盛大的入场

这许多美国国旗
女牛仔们扛着，
马背上飘扬。
    欢乐骑行的旋转灯光，
    救护车迟缓的哀鸣。

马背上的两名男子用绳子套住一头小牛的头和腿：
各执一端，让它不得动弹，
    一条雕带；
    人群欢呼；
    松开，奔逃。

草原生物群落的技士。
比那些发明书写的冲积河三角洲地区的

高生物量①牧师–会计师
更勇猛——

播音员再次说起国旗。
　　　　　旗帜像一块牛排：牛仔
　　　　是太阳能——
　　　　草–到–蛋白质
　　神奇转换的祭司！

汉堡祭品遍及全美
红、白
蓝。

　　　　　　　　　　内华达州牛仔竞技大会
　　　　　　　　　　　　两百周年

---

① 高生物量，原文为 High biomass，指某一时刻单位面积内生活的有机物质比较密集。

在土岐屋的招牌下

是帕罗奥图①吗?
"不。是威斯康辛。"
如此柔和——遥远的老妇的声音——
　　　　轻微的口音——瑞典?
"你是哪里?""这里是威斯康辛。"
区号拨错了。

另一生曾在哪条溪流里
共饮,使我们此生在这里
有十秒钟的联系?

土岐②的
小吃店
果汁店

---

① 加州城市名。
② 日本城市名。

冰
　　　虫

而接线员
总是问我想要接哪里？
萨克拉曼多、圣地亚哥、印第安纳、俄亥俄
　　当我手拿名单和信件站在这里，
　　双脚冰冷，踩在外面的烂泥里，
　　在公用电话亭
　　（我的办公室）

电话车开来，取走了硬币
当我们谈论洛杉矶的艺术时
　　在公路旁边
　　在冰的招牌下
聊着，　　冰　虫

　　而雪
从树枝落下
落到我的笔记本上
落进我的脖子
　　　滴答　滴答

红砖　铁门　石墙

老镇衰败

　　　　　在土岐的

　　　　　　冰上

　　　　　　虫上

　　　　　这一年我任

　　　　加州艺术委员会

　　　　　主席，家中

　　　　　　没有电话

　　　距离土岐的冲绳面店

　　　　　　隔壁的

　　　　　　电话亭

　　　　　　十二英里

深夜与州长谈预算

致杰里·布朗①

走进午夜的
州政府办公大楼,
冰冷的铁推车里装满打印好的议案
用条规填满生活,

许多房间的尽头
是一间棕色大房间
州长独自坐着,还没用晚餐。
浏览着从沙漠到海洋
两千万人口的土地上
堆积如山的法令—预算—代码册页。

直到燃油耗尽

---

① 时任加州州长。

还没看到尽头。
屋外,他的车和司机空自
等候,发动机空转着。
议会大厦庭院里高大的松树
还不足百年。

凌晨两点,
我们走向街头
因心怀"人民"
而疲倦。
半月西行
木星和毕宿五①
优雅相随,

而东边,内华达山脉上空,
远远地有雷电闪烁——
今夜家中落雨了吗?

---

① 金牛座中的一等星。

"他射箭,但不射栖息着的鸟"[1]

州长来山中看我
　那天我们打扫房间耙理院子。
他刚去过东边,缺少睡眠
　因此在树荫下打了一下午的盹。

树苗和鸡崽得照料
　我给苹果树喷药,给母鸡喂水。
第二天我俩一起读报,谈论稼穑,
　石油,以及汽车的未来。

然后在池塘边我们笑了起来,
　取来弓和箭筒,给弓上了弦。
一箭箭"嘶嘶"飞闪

---

[1] 标题来自《论语·述而》中的"弋不射宿"。

在松树下,在夏日微风中

深深射进谷仓旁的稻草垛中。

1976 年夏

艺术委员会

致雅克·巴尔扎吉 ①

因为没有艺术
所以有艺术家

因为没有艺术家
所以我们需要钱

因为没有钱
所以我们给

因为没有我们
所以有艺术

---

① 美国导演、演员。

我学会了什么

除了恰当使用几样工具
我学会了什么?

苦乐参半的工作
间隙的那些时刻

默坐着,喝酒,
想我自己的那些
枯燥、执拗的想法。

——第一株蝴蝶百合开了花
而大地四野
  已是春天。
黄色花瓣,金色茸毛,
我向玄——
  ——指认。

在静默中看:
一切都不重样,
但是一旦你把握准确,

　　你就能将它传递。

三

献给比尔和辛迪婚礼的一斧

双脚开立,
丹田之气运于指关节,
十磅斧头高举,
弧行于头顶,
你也被举起!

它漂浮,你漂浮,
刹那间看得又远又清楚——
盯着横切面上的裂口
摆好橡木块的角度
等待挨那一劈。

斧子落下——随着一声叹息——木头
咔嚓裂开
　　　　变成躺在地上的两爿——
不过眨眼间。当斧子

劈开一切，祝愿

你俩永在一起。

阿拉斯加

冻雾沿着地面低低覆盖
  而在城外,在金溪谷
  冻坏了的人们穿着厚厚的棉服,
  在零下四十度的阳光下,跺着脚,

读某人喷在一码宽的
  高架管上的字,那发亮的管子
  用来输送加热原油,

  "哪里才是尽头啊?"

驱车回到闷热的房间:
  律师、教师、植物生态学家,
  新能源倡导者、人民的土地管理员
  交流着想法

继而飞到其他城镇

　　在飞机上打盹

　　群山

虽高耸入云,却无比清醒。

迪灵汉姆,阿拉斯加,柳树酒吧

钻头振颤的响声,充满泥土和压缩空气
穿越全球
  天花板低悬的酒吧里,我们听到同样的新歌

所有新歌。
在世上那些干活人的酒吧里。
在你停下重型机车后。在卡车
  回家后
  驯鹿先屈前腿
  四蹄腾空
  在暖和的输油管道下
  轻快地跑

木地板上,手握酒杯
  跟别人的老婆
  嬉笑、说脏话

　　　　得克萨斯人、夏威夷人、爱斯基摩人
　　　　菲律宾人、工人们，总是
　　　　差点儿就要吵起来——
　　　　在世上的酒吧里。
　　　　听着那些一模一样的新歌
　　　　　　在阿巴丹、
　　　　那不勒斯、高尔威斯顿、达尔文、费尔班
　　　　　　克斯，
　　　　白皮肤或棕皮肤
把那

砸烂世界的
工作的痛苦
一饮而尽。

移开反铲机
液压系统
的泵板

致伯特·海伯特

穿过污泥、脏乎乎的坚果、黑色污垢

它打开了,一道无瑕的钢铁闪光

锻造安装得完美

输入与输出的涡旋

永不间断的明晰

在工作的

中心。

魅　惑

一个人年轻时未能准确地辨认
　　他的盟友，就出门寻找权力，

所以，听说那边有"白人"，他就离开
　　自己人前往，

随后传染上贪婪病，带回家
　　商品买卖，他们发现他疯了。

贪婪，又疯狂，亲戚们本该杀了
　　这样的人，但这次没有人这么干。

贪婪又疯狂，他活到现在。损害着
　　他的族人。
文明传播：在那些慷慨的，
　　不知"所有权"为何物的人当中，

像一场病。像喝毒药。

一场魅惑的病
一种耀眼的毒

"超级摧毁"。

乌卢鲁的野无花果之歌①

一

柔软的土地直立而起
从它的底部弯转开来
硬而红——一个圆屋顶——方圆五英里
　　　埃尔斯岩,乌卢鲁,

我们沿着河谷湿地的边缘
穿越草丛、藤蔓和灌木
　　　那里陡峭的岩壁一头扎入
　　　平坦的沙地,

扎堆啁啾的斑胸草雀

---

① 澳洲艾尔斯岩,是世界上最大的单体巨石,"乌卢鲁"(Uluru)在当地语言中是"神圣"的意思。

　　　　在骨白色的枝条上，
红眼粉爪的小鸽子，

奋力向前，进入悬岩的山洞，
那里画着红色的圈中圈，
黑色的伸展开的人类身体，
画着蜥蜴，波纹线条。

跳跃过干净弯曲的岩床那沙质的表层
停下吃午饭，那儿有一株本地的无花果树
果实簇簇累累，许多已成熟：
定是有人曾在这里坐、拉屎
　　　　很久以前。

二

坐在沙土里
　　脱下衣服。让肌肤感受流沙
　　躺下。滚动身体
　　让沙子穿过你的头发。
　　打盹一小时

鸟鸣穿过梦境
　　　　现在
你洁净。

坐在红色沙地上，一狗相伴。
微风吹拂，满月，
女人们在那边歌唱——
男人们敲打着木棍在这边应和

　　啃着肉骨头
　　　用一只脚防住狗

　　沙地里的荆棘和芒刺——

踏着回飞镖的节拍
　　　行走到很远
　　歌唱大地。

　　　　三

赤裸但装饰着，
　　　疤痕累累。

  白色的灰烬 白色的黏土,
   胸脯上的疤痕。
腰上几道横纹疤痕。
疤痕： 这大门,
   这道路,这封印,
    这证据。

白色条纹的鸟在暗黑的天空下。

四

  学校里唱歌并打鼓
一个金发黑肤的女孩
   观看并同时逗弄着一个朋友
她衣服扣子半解,里面赤裸,
   年轻的乳房像玛尔普①
     蘑菇,
膨胀着隆出沙地。

   凌厉的风贴近地面,

---

① mulpu,澳洲土著语言,即蘑菇。

垃圾卷进滨刺草①、篱笆、
瓶子、破车中。

五

坐在沙子里
　皮肤贴地。
　一千里开阔的沙砾地

　白色凤头鹦鹉在一片盐碱滩上

坚硬的野无花果在舌头上。

　这野无花果之歌。

40081，秋，乌卢鲁，阿玛塔，弗雷根，
　帕潘亚，伊皮里，澳大利亚群岛。

---

① 一种澳洲植物。

四

钱往高处游

我正在听人们谈论理性
更高的意识、无意识,
　　从边门看出去
　　视线越过观众
　　炽热的阳光切割出
　　一片棕黄色草地和荆棘丛生的矮树丛

那里有守法商人。
而其他人,他们喜欢速度、危险、
诡计,他们知道如何
施压于他人,去获得巨大的财富,
用有力的权势伤人,
随后为它举杯庆贺!
　　他们不会被抓。
　　他们拥有法律。
这是理性,还是一场梦?

我能闻到青草,能赤脚感受到石头
　　尽管我和所有人一样,坐在这里
　　衣履整齐。这是我的力量。

而世上有些力量古怪
它不是追求拥有源头
之力。
它耀眼,它从我们身边滑过
它游向高处。

乳 房

那制造乳汁者不
　　　　　得不把世上的食物
浓缩聚集至
　　　　　我们吸食的那个点上
同时，也聚集了有毒物质

然而乳房是个过滤器——
毒物留在那里，在肉体之中。
微量的重金属
　　　　　致命分子滞留在
　　　　　让男人魂牵梦萦的肌腱中；
直至今日才被世人发现
　　　　　（在你的胸部
　　　　　石油化工联合企业
　　　　　误入歧途）①

---

① 乳房中残留着大量有毒化学物质，像一家石油化工企业。

因此我们歌颂乳房

我们都爱亲吻它们

　　　——它们就像哲学家!

把苦涩隐藏在头脑里

让更可口的

智慧流淌出来

　　　给那些过于年幼

　　　而不能食用毒物的小家伙们

孩子养大后

又来了别的活儿

为了让真正的自己存在下去,

得把毒素全烧毁。

扁平的乳房、疲惫的肉体,

将像旧皮革一样噼啪作响,

　　　足够坚韧

　　　去再过上几天好日子,

而那熠熠生辉的双眼,

老母亲,

老父亲,

　　　好快活。

腐树之陨

扭曲的螺贝外壳
蜿蜒的纹理

断裂的粗短枝桠横七竖八
外皮脱落得歪歪斜斜
一块被树根牢牢抱住的
大石头
现在升上来暴露在外了；
红色干腐树渣的粉末状裂缝里
远古树液形成的琥珀珠
自漆黑的芯材
　　　　　脱落

我们踏着树木美丽的躯干向前走：
抬腿跨越，以免碰到
　　　　金属丝一样的熊果树树丛。

在岩石与空气的斜坡上,
微风不停息地吹——

  如果"观想朽坏之物可治疗欲念"①
  我是无望了:
  我心悦于畅想真菌、
  甲虫幼体、那依然
    从你老旧的身体内
    汲取生命的菌株,

在清宇之下。
啄木鸟飞掠
  从此树至彼树
  在你子嗣的小树林里
就在那片绿水浸润的阶地上!

  向外望澄蓝的湖泊,
  消融着积雪
     浸泡着冰渣,
  剥蚀着岩壁和碎石堆,

---

① 佛教中的白骨观、不净观。

朽坏、腐烂、粘稠的回转——
死化为更多
生生死死，

  一场速朽的生命；
  和随后那漫长
  缓慢的喂养——
  那啄木鸟的叫喊。

1978 年 7 月，英吉利山 ①

---

① 田纳西东部一座风景优美的山。

致一位斯德哥尔摩的五十岁老妇

你坚毅的下巴
　　平直的眉骨
　　　　头部的倾斜

膝盖朝上，自在地蹲坐
　　你的身体表明你曾如何
经历九次生育：
盆骨内侧的
　　　　骨头凹陷了进去
　　我们所有人的母亲，
　　　　已死去四千年。

　　　　　　1982年10月，白卡斯考克女人[①]
　　　　　　斯德哥尔摩历史博物馆

[①] 指在瑞典白卡斯考克发现的一具新石器时期的女人骨骼。

老妇自然

老妇的自然
自然有一袋骨头
  隐秘地藏于某处。
  一整间屋子满是骨头!

头发和软骨星星点点
  散落林间。

一堆狐狸的粪便,里面有毛发和一颗牙。
 一座贝冢①
  溪岸上一块骨头茬。

一只咕噜咕噜的猫,先是撕咬

---

① 古代人类居住遗址的一种,以包含大量古代人类食用后丢弃的贝壳为特征,大多属于新石器时代。

老鼠的脑袋,

　　一直往下,嚼到尾巴——

这甜甜的老妇

　　在月光下,平静地收集着

　　　柴火……

不要被吓到,
她在为你炖锅汤。

　　　　　1981年7月,在东京歌舞伎座的
　　"黑冢"-"女恶魔"演出中看到市川猿之助

峡谷鹪鹩

致詹姆斯和卡罗尔·卡茨

我抬眼望悬崖
但我们轻舟已过　顺流而下
　　　　　　　木筏
从激荡的水上飘摇、滑落
　　拱形溪流下
　　大块卵石闪动着微光
两岸峭壁高耸。
一只鹰径直穿过窄窄的天空
　　　　　　　与太阳迎面相撞，

我们向前划，向后，转弯，
打着转穿过漩涡和浪涛
一阶阶翻腾的白浪。
　　在轰鸣声中
　　听到一只峡谷鹪鹩的歌唱。

一段平缓的水流,漂浮着休息。
再次听到它,精巧的曲调一路下降

西西　西西　西——西——

顺着古老的河床降落。
一只雌野鸭逆流而飞——

苏轼下百步洪① 时
曾看到,有那么一会儿
　　河流完全静止了
"我盯着水看
它流得难以言说之慢"②

道元禅师,午夜曾写道,

　　"山在流动

---

① 在今徐州市东南二里,为泗水所经,有激流险滩,凡百余步,因此叫"百步洪"。苏轼曾在此漂流并赋诗二首。
② 出自苏轼《百步洪二首》之第一首,原句:"觉来俯仰失千劫,回视此水殊委蛇。"

而水是龙的皇宫
　　不会流走。"①

我们在中国营地上岸
在黑发矿工垒在那里的
石堆中间，
　　摸黑做饭
　　整夜睡在河边。

这些来了又去，
来了又去的歌，
净化我们的耳朵。

---

① 出自日本道元禅师《正法眼藏》第二九山水经，道远的议论起于中国禅师之"青山常运步、石女夜生儿"和"东山水上行"这两偈句，认为水无强弱、干湿、动静、冷暖、有无之分。

斯坦尼斯洛斯河流经米沃克族①居住区中央，向下流至圣华金河谷。在九百万年的古老粗安岩中，峡谷峭壁层层叠叠，九曲回肠，河流迂回曲折，仿佛是从高高的内华达山跃下的一条刺着龙纹的臂膀。季复一季，爱好岩石与河流的人们驾着筏子和小艇，飞舞而下。不久前，吉姆·卡茨和他的朋友们（全都是划艇桨手）请我和他们一起去这条激流上划艇，想在新梅隆大坝建成之前，在大坝水位上升、这条河回落下去之前，再一睹它的面容。峡谷鹪鹩的歌声全程陪伴了我们；在中国营地，在黑暗中，我写下了这首诗。

40081，4月，斯坦尼斯洛斯河，
第九营地到帕罗特渡口

---

① 米沃克族，居住在美国加利福尼亚州中部的印第安部落。

致万物

啊,活着
  在九月中旬的清晨
  涉水渡溪
  光脚,卷起裤管,
  手提靴子,背着包,
  阳光,浅滩有冰,
  北落基山。

冷冽溪水潺潺涓涓闪着波光
脚下石子滑转,又小又硬似脚趾头
  鼻子冻得淌水
  内心却哼着歌儿
  溪水的曲调,心灵的曲调,
  碎石上阳光的味道。

  我立誓忠诚

立誓忠诚于龟岛
　　这片土地，
以及居于此地的万物
　　同一生态
　　千姿百态
　　在太阳下
万物交融而欢喜。